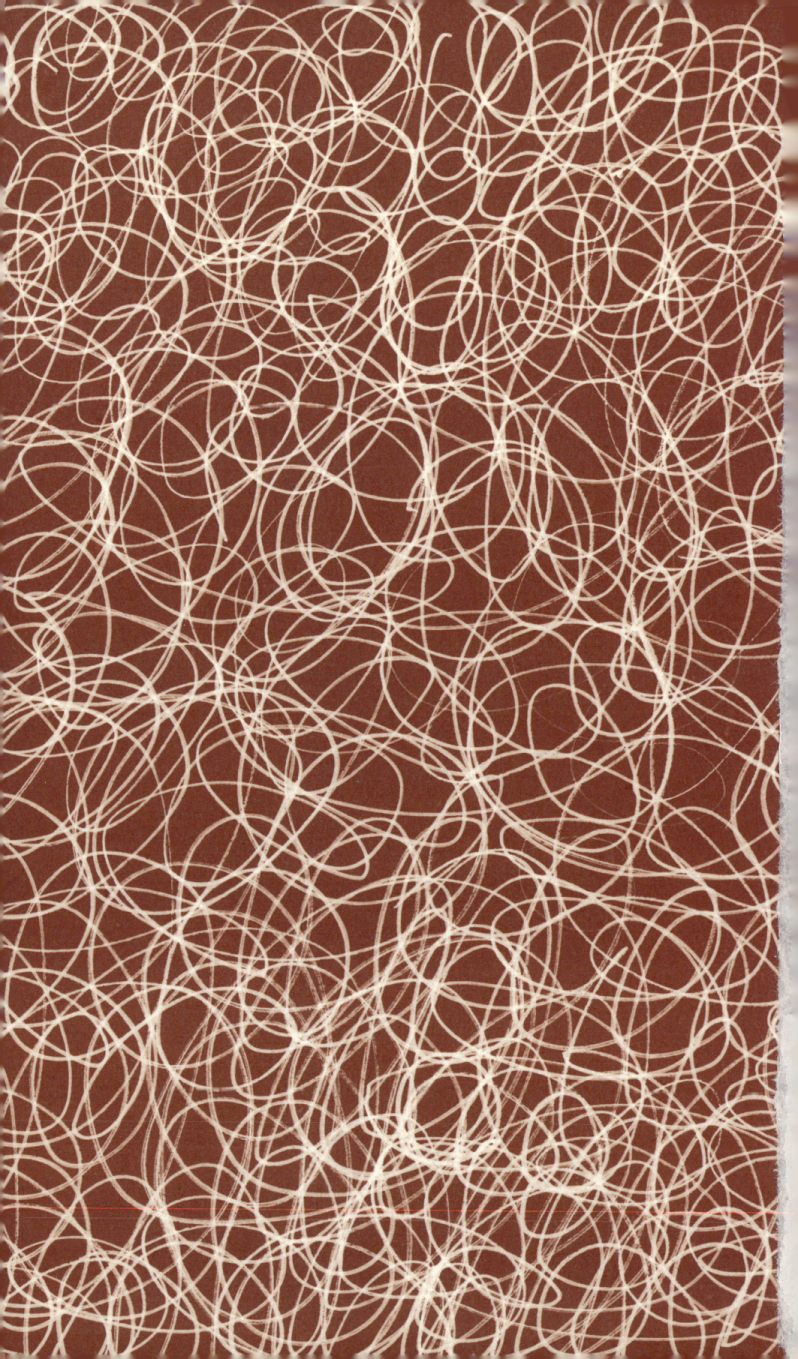

Ritter Karl/3
Vorwort, Peter Surber/27
Piktogramme/33
Bärge/94
Wappen/95
Agfange hät's im Zug/106
Plötzlich/107
Zahsiide/128
Pantomime/129
Winter/136
Erde/137
Architekturfotograf/140
Sammlung/141
Neil Armstrong/174
Jesus/175
Endloses Zimmer/198
Pläne/199
Herr Anderegg/212
Ameise Paul/213

Ritter Karl

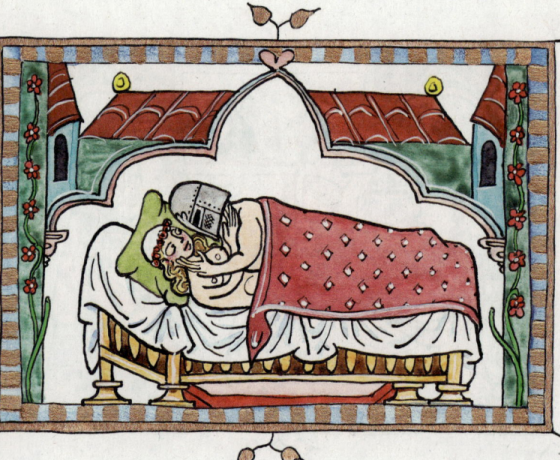

Gut gewappnet

Annäherung an Manuel Stahlbergers Piktogramme von Peter Surber

Schwimmt einer im Schwimmbecken. Fällt eine Kaffeetasse auf ihn herab. Umblättern. Fertig lustig.

Lustig? Jedenfalls lachen alle im Publikum, wenn dieses Bild kommt. Und lachen noch einmal lauter, wenn im nächsten Bild statt der Tasse ein Telefonhörer von der Decke herunterfällt. Erst recht lachen sie ein paar Bilder später: Schwimmt wieder einer, aber diesmal nicht im Becken, sondern in der Kaffeetasse.

Worüber lacht man da? Das ist bei Manuel Stahlberger immer etwas komplizierter als bei anderen Kabarettisten, Komödianten, Komikern, Karikaturisten oder wie immer man die Berufsgattung nennen will. Die Sache ist zum einen deshalb kompliziert, weil das Lachen zeitverzögert eintritt: Die Piktogramme erscheinen nacheinander, sowohl im Bühnenprogramm ‹Innerorts› als auch hier im Buch. Der Effekt: Die Anspielungen haben ihre eigene Halbwertszeit, die Erinnerung lacht mit. Zum zweiten ist das Stahlberger'sche Lachen eher ein gequältes. Die wortlosen Bildgeschichten sind ab und zu witzig, manchmal grotesk, gelegentlich surreal, in ihrer Mehrzahl aber enden sie katastrophal. Wenn sie überhaupt enden. Und das ist ein dritter komplizierter Punkt im Stahlberger-Universum, man kennt das Phänomen auch aus seinen Liedern: Da ist ein Bild, ein Satz, ein Ausgangspunkt – der weitet sich aus, kippt, verdichtet oder verliert sich – und bricht plötzlich ab. Noch bevor man eine handfeste Botschaft zu fassen bekommen hat. Eines von vielen Beispielen dafür in diesem Buch ist die Bildgeschichte ‹Plötzlich›. Der Titel erinnert an frühe Karl-May-Lektüren. Da musste man manchmal seitenlang langweilige Naturschilderungen über sich ergehen lassen, und darauf stellte sich das Leseauge mit der Zeit auf raffinierte Weise ein: Es scannte die Seiten auf das Schriftbild ‹Plötzlich›, und tauchte das Wort irgendwo auf, konnte man getrost dort weiterlesen – da ging es endlich wieder los mit Anschleichen und Galoppieren, Mord und Totschlag. Bei Stahlberger ist ununterbrochen ‹Plötzlich› – man muss jeden Moment auf alles gefasst sein.

Der Schwimmer aus dem Bassin und aus der Kaffeetasse schwimmt übrigens auch auf dem Umschlag dieses Buches. Er schwimmt in einem unendlich weiten Wellenmeer und kommt nicht vom Fleck, auch diese Geschichte wird vermutlich nicht gut ausgehen.

Ob katastrophal oder heiter: Es reizt einen, hinter das Geheimnis von Manuel Stahlbergers vertracktem Humor zu kommen. Im Folgenden drei Verdachtsmomente.

Erstens: Ordnung
Wo kommt Manuel Stahlbergers Zeichnen her? Er habe schon als Kind viel gezeichnet, erzählt er, und am liebsten Präzises: Legobaupläne, Jasskarten, Wappen, Maschinen. Die Präzision ist geblieben, sie zeichnet auch seine Mäder-Bildgeschichten aus, die seit 1997 im Kulturmagazin Saiten erschienen sind, inzwischen auch in zwei Büchern vorliegen und wimmelbildgenau die Stadt St.Gallen und ihre Bewohner porträtieren. Eine vergleichbare Präzision findet sich auch in vielen seiner Texte, man muss sich bloss die minutiöse Beschreibung des Zahsiidele (Seite 128 in diesem Buch) zu Gemüte führen. Das genaue Abzeichnen muss sich bei Manuel Stahlberger dann nach und nach zum Umzeichnen, zum Weiter- und Neuzeichnen entwickelt haben.

Verdachtsmoment Nummer eins also: Stahlbergers Humor funktioniert als Parodie des Ordnungssinns. Das gefällt uns und amüsiert uns. Seine Welt ist aufgeräumt, wenn auch neu und anders als erwartet, vergleichbar vielleicht ein bisschen mit den Aufräumaktionen des Komikers Ursus Wehrli. Ein schönes Beispiel dafür sind die Legosteine: Die Bauanleitung bloss ein bisschen verändert, und schon wird aus harmlosem Büromobiliar ein Fluggerät und aus diesem wieder ein – allerdings kopfloses – Büro. Wird aus Kinderspiel Ernst. Wir lachen, aber es geht uns dabei nicht einfach gut. Auch nicht so schlecht wie bei der ‹Plötzlich›-Geschichte, aber wir sind doch gewissermassen bedrückt darüber, dass die neue Ordnung nicht besser ist als die alte.

Zweitens: Anarchie
Geblieben ist von der Jugendzeichnerei her auch das Interesse an der Form. Formen durchspielen nennt es Manuel Stahlberger – aber nicht bloss um der Form willen. Und da kommen jetzt die Wappen ins Spiel. Eine Idealform. Der Zeichner nimmt sich die Schweizer Kantone zur Brust, schaut sich ihre Wappen mit der ihm eigenen Genauigkeit an, ordnet sie erstmal nach Farben. Und fängt an zu verbessern. Die Thurgauer Löwen marschieren in Zürich ein und züngeln verliebt. Schaffhauser Bock und Uristier wuchern nach Unterwalden aus. Der Ausserrhoder Bär packt das St.Galler Liktorenbündel und kriegt mit dessen Beil – historisch plausibel – prompt eins über den Schädel gezogen. Der Bär seinerseits versetzt dem Baslerstab einen wüsten Tritt. Der Glarner Heilige Fridolin kommt mehrfach unter die Räder, verliert seinen Kopf und gibt den Wanderstab nach Basel ab. Die Folge: Am Ende kriegt die halbe Schweiz die Baselbieter Pusteln. Ein paar wenige heraldische Handgriffe, und schon ist es mit der hochgepriesenen Kantonssouveränität und dem unseligen

Lokalchauvinismus vorbei und herrscht die fröhlichste guteidgenössische Mordbrennerei. Stahlbergers so ordentlicher wie subversiver Geist hat in den Kantonswappen einen kongenialen, vermutlich unerschöpflichen Fundus entdeckt und macht ihn für seinen heiteren Antipatriotismus fruchtbar. Wir lachen erlöst. Und lachen auch später, bei jener ganz anderen anarchistischen Aktion im Buch weiter, wo der Zeichner zum Schauspieler mutiert und vor laufender Kamera eine zugleich bedrohlich und dilettantisch anmutende Koffer-Aktion inszeniert. Wer weiss, was sich in Stahlbergers Koffer verbirgt – vielleicht ein neuer Satz Kantonswappen.

Drittens: Melancholie
Piktogramme haben genau einen Zweck: zu orientieren. Bei Stahlberger verlieren sie genau diesen Zweck und bekommen einen neuen: Sie irritieren, infiltrieren, ironisieren, desinformieren. Und hinterfragen so das als selbstverständlich geltende Zeichensystem, sie problematisieren unsere Wissens-Gewissheiten. Was traditionell am Strassenrand ‹Achtung Wildwechsel› signalisiert, zeigt plötzlich einen fliegenden Hirsch. Wo normalerweise Mann und Ball und Korb auf Basketball hinweisen, gehört plötzlich der Kopf in den Korb. Und der Schwimmer schwimmt plötzlich im Tassenmeer. Wir lachen, aber unsicher.

Stahlberger ist ein Melancholiker. Er nimmt die Dinge vor sein gnadenloses Auge, nimmt sie auseinander, und unter seinem beobachtenden Blick büssen sie ihren ursprünglichen Zweck ein. So hat Albrecht Dürer in seiner berühmten Kupferstich-Serie ‹Melencolia› vor mehr als sechshundert Jahren den Melancholiker charakterisiert: als den forschenden Menschen, gebeugt über seine Forschungs-Dinge, deren ursprünglicher Sinn sich nicht mehr erschliesst oder erübrigt hat und die sich entsprechend, umfunktioniert zu reinen Anschauungs-Objekten, vor seinen Augen aufreihen.

Wundersam passiert das in diesem Buch nicht nur den kantonalen Wappen, sondern auch einem anderen Zeugen vergangener Herrlichkeiten: dem bedauernswerten Ritter Karl. Der reitet unversehens aus seiner Zeit heraus und landet in einer ritterfeindlichen Gegenwart. Hätte er gelernt, Piktogramme zu lesen, so lebte sein Ross vielleicht noch. Hätte er Stahlberger gekannt, so wüsste er allerdings: Auch den Piktogrammen ist neuerdings nicht mehr zu trauen.

Peter Surber ist Redaktor beim Ostschweizer Kulturmagazin Saiten

Piktogramme

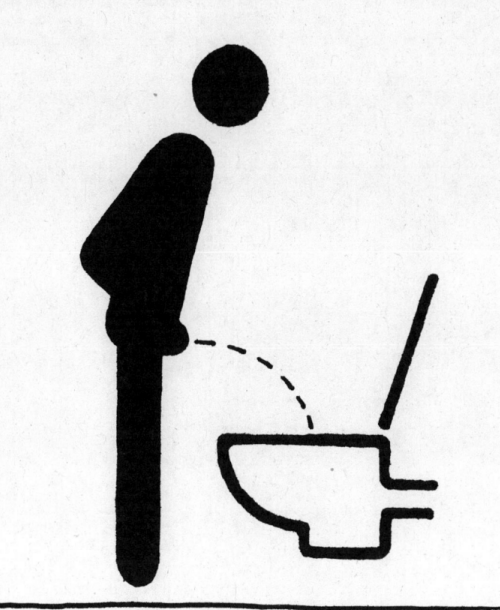

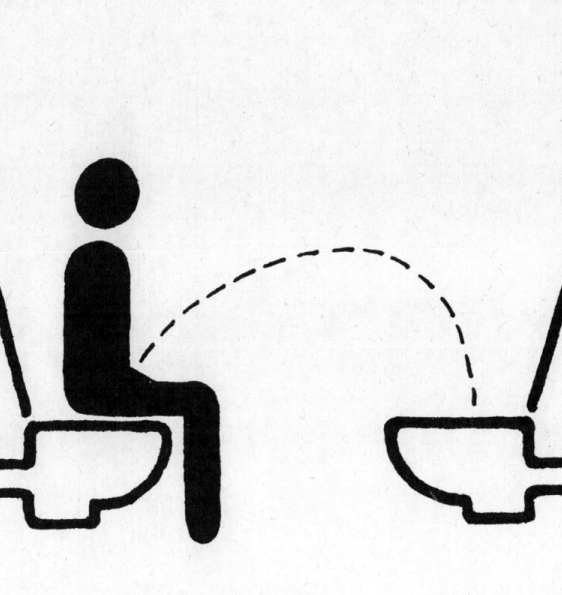

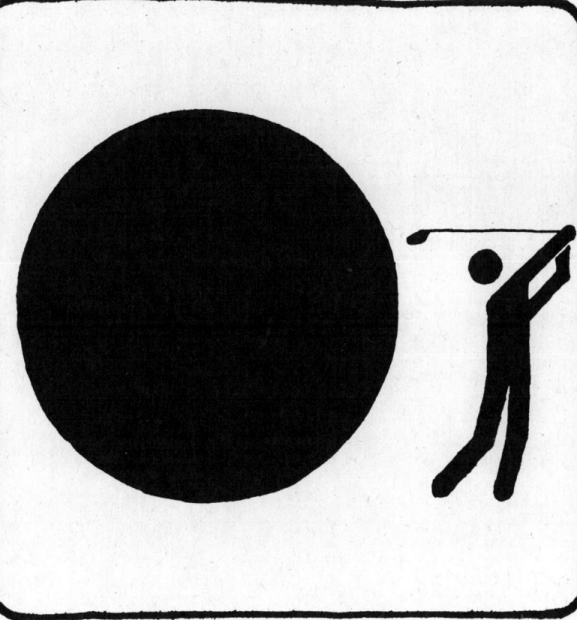

Bärge

S Matterhorn will nüme Matterhorn heisse
Und s Wiisshorn findet Wiisshorn scheisse
Und de Rande
Hät sin Name no nie verstande
Piz Corvatsch
Sonen Quatsch
Seit de Piz
Er nennt sich jetz Fritz
Und de Säntis heisst Chrigi
Und d Rigi
Heisst Müller, da isch chli normäler
Und de Napf heisst jetz Keller

Wappen

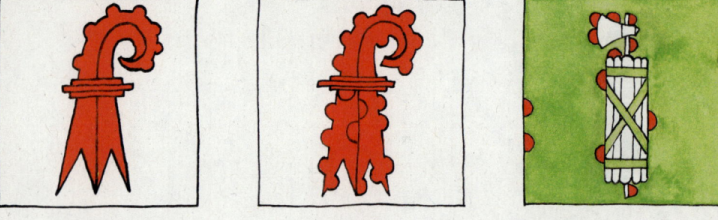

Agfange hät's im Zug

Agfange hät's im Zug, de Kondiktör hät gseit:
Da sind doch gar nöd Sie woni ihm s Halbtax ha zeigt
Do uf em Foti da sig en andere, i ha gmeint er mäch en Witz
Aber ihm isch es ernscht gsi und er isch stoh plibe näbet mim Sitz
Er hät sis Apparätli füre gnoh zum Personalie ufschrübe
I ha protestiert aber er hät gseit: Lueged Sie mol i d Schiibe
I ha i d Schiibe gluegt, do hend erschti Zwiifel mi beschliche
A mim Platz isch eine ghockt dä hät mir überhaupt nöd gliche
Er hät zwor mini Kleider agha aber ganz e anders Gsicht
I ha ghofft e optischi Tüüschig oder en Traum vielicht
Aber ales isch ganz real gsi und i gwöhnlich wach
Und i weiss nüme wieni hei cho bi i säbere Nacht

Plötzlich

Zahsiide

*Zahsiide isch jetz fertig, s Büchsli isch jetz läär
200 Meter hät's drin gha, da git einiges här
Sägemer 35 Santimeter bruucht's pro Mol im Schnitt
Wa 57lehalb Mol zahsiidele git
Und bi eimol pro Tag hebet da länger als anderthalb Johr
So chömed eim 12 Franke 60 au nüme so tüür vor
12.60 für e Büchsli, aber jetz isch es leider z End
Wobii me säge mues: Er hät sich aapahnt dä Moment
Will je läärer s Büchsli wird, je strenger goht's zum use zieh
So dass me merkt, es hebet nüme lang, aber wie lang gnau weiss me nie
Die Büchsli sind ebe nöd transparent, drum hät me kei Kontrole
Wie viel Zahsiide no drin isch, nöd wie bi de WC-Role
Wenn's e neui bruucht, da gseht me immer früe gnueg und direkt
Hingege Zahsiide isch leider i dem Büchsli drin versteckt
Nur s vorder End chunnt zumene Löchli use wo me denn dra zieht
Aber da Löchli isch viel z chlii dass me i s Büchsli ine gsieht
Es hät zwor en Teckel obe druf und dä cha me scho uftue
Zum Kontrolliere, aber nochhär bringt menen fasch nüme zue
Will mit em Öffne gheit die Spuele mit de Zahsiide drumume
Us de Fassig, die isch a de Teckelsiite une
Also d Spuele stoht de Höchi no im Büchsli weme's chauft
Und isch obedra und une inere Füerig dass sie lauft
Wobii di ober Füerig isch e Fassig wo de Spuelerand umgriifft
Und di under isch am Büchslibode sonen chline Stift
En ganz en churze, und nimmt me jetz de Teckel obe wäg
Stoht zwor d Spuele no im Stiftli, aber total schräg
Und bim Zuetue träfft me nüme schön i d Fassig obe dri
Sondern chlemmt mit em Teckel d Spuele eifach ii
Und me macht nomol uf und git am Büchsli chli en Ruck
Jedes Mol weme obe schnäll de Teckel zuetruckt
I de Hoffnig dass d Spuele grad grad im Büchsli stoht
I dem Moment wo me zuetruckt und i d Fassig ine goht
Mengmol klappet's nume sälte, aber meischtens klappet's nie
Und wenn d Spuele nüme trüllt, cha me nüme schön zieh
usw.*

Pantomime

1. Koffer / 2. Wand / 3. Rolltreppe

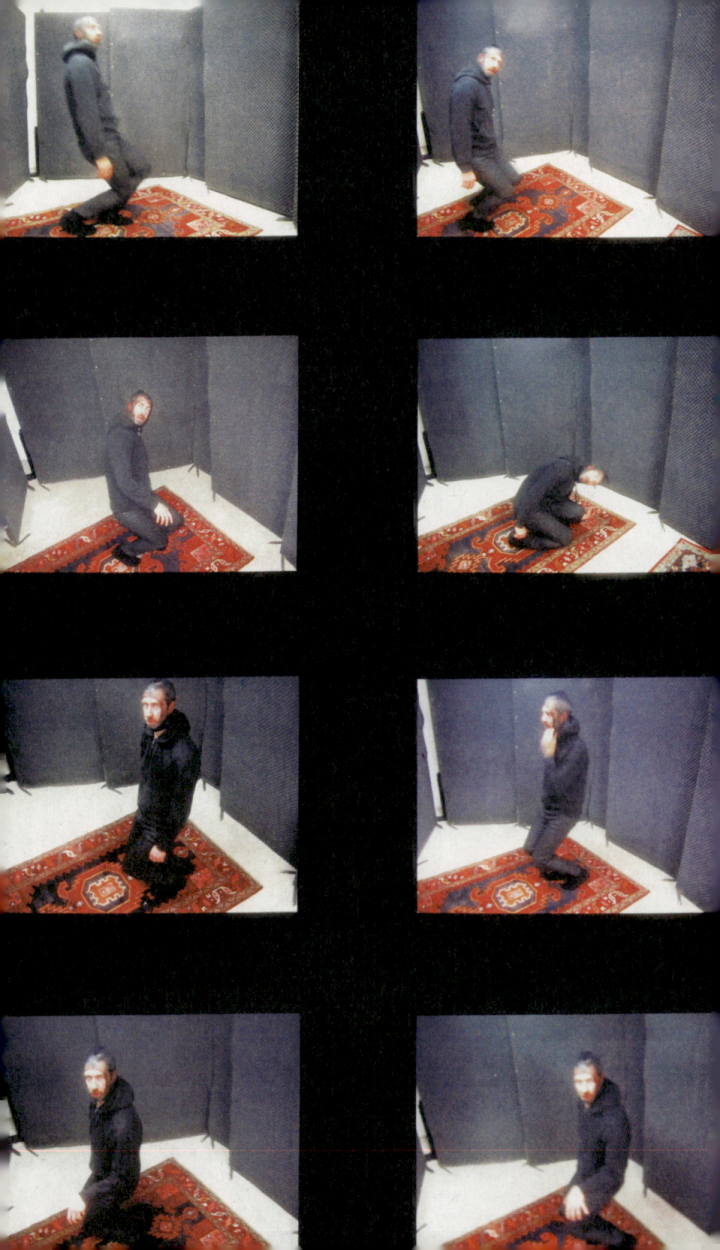

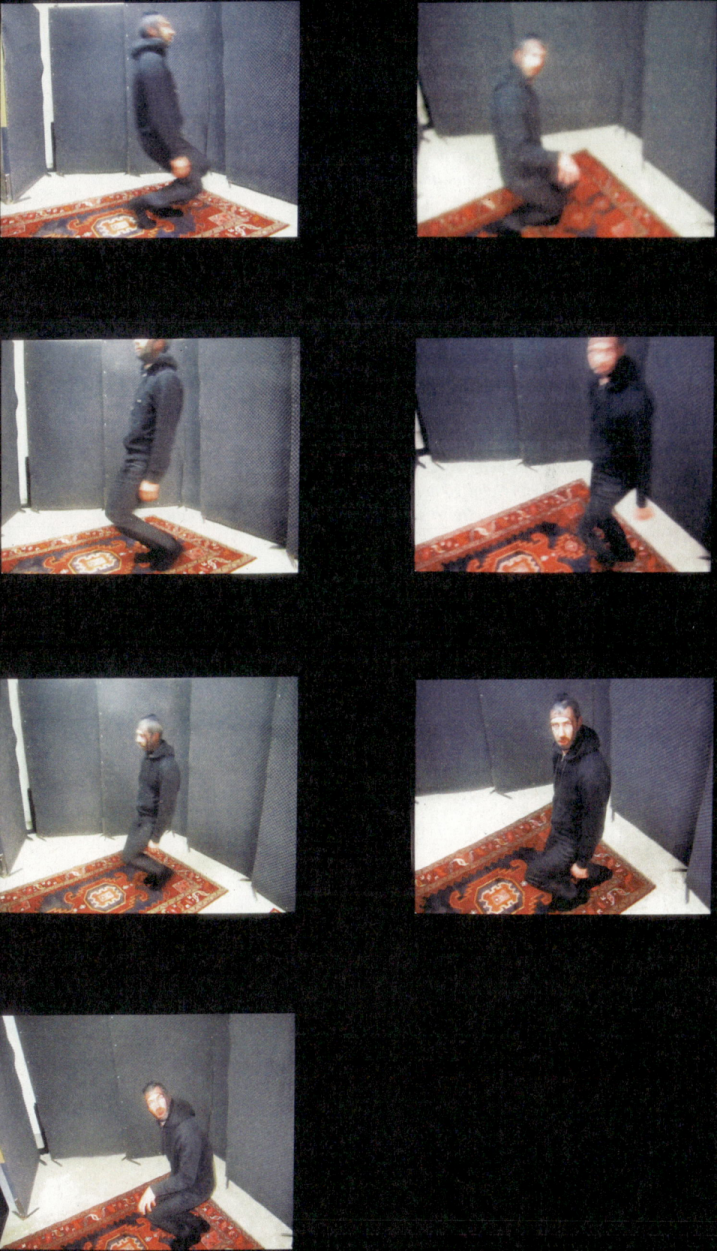

Winter

Wenn's Dampf git weme huucht
Und weme Schneechettle bruucht
Weme schlittle chan und Schii fahrt
Und mues schufle vor de Iifahrt
Weme am Morge vor em Schaffe sis Auto nüme findt
Und wenn am Nomittag am halbi füfi d Sune verschwindt
Denn isch Winter

Wenn's chalt isch voruss
Und wenn's meh Lüt hät im Bus
Wenn s Wasser ufhört flüüsse
Und wenns Päss mönd gschlüüsse
Wenn's Schnee hät uf de Bäum und wenn er d Äscht abe truckt
Und weme s Tram nüme ghört will er ali Grüüisch verschluckt
Denn isch Winter

Weme verwacht abeme Schneepflueg i de Nacht
Und weme denn voruse goht und Spure hinderloht
Wenn's im Schii vo de Stroosselampe orange schneit
Und weme umchehrt sind di eigete Spure scho verwaait
Denn isch Winter

Erde

Architekturfotograf

Zersch chunnt me gar nöd drus
Die hend jo gar kei Möbel, worum hends denn e Huus?
Ales isch läär und es wirkt chli chüel
Aber hey, döt hät's zwei Stüel!
Sich de Schönheit vo de Lääri hiigee
Inere Corbusier-Liege
Ales stimmt, es git kei Zuefäll
Au d Platzierig vo dem Chuefäll

D Böde anthrazit und us Zement
Nume hie und do hät's en Farbakzent
Zum Biispiel dä Chürbis wirkt enorm
Aber nöd nume wäg de Farb, au wäg de Form
Und da Heftli näbet em Sofa isch offe
Als wär öpper grad vom Läse wäg gloffe
Debii hät's extra ein so häre gleit
Aber jetz isch niemer z gseh wiit und breit

Will sie läbed im Chäller
Mit Ikea-Möbel und Brockehuus-Täller
Büecher cha me au i Haräss ine stele
Und choche cha me au mit Mikrowäle
Aber d Eltere sind zfriede und d Chind spieled brav
Und sie warted uf de Architekturfotograf

Sammlung

033 – 978

12.12.2011 – 22.6.2013

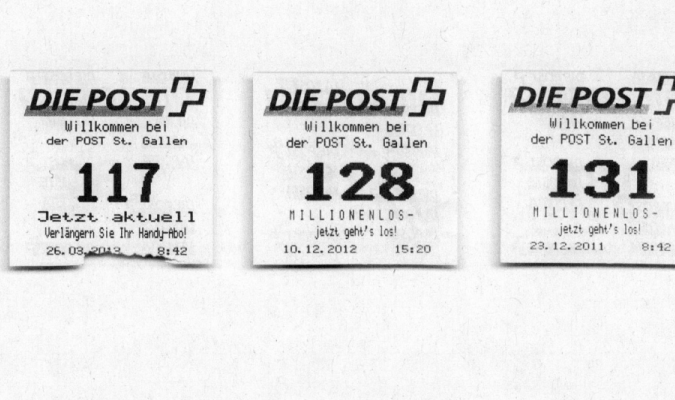

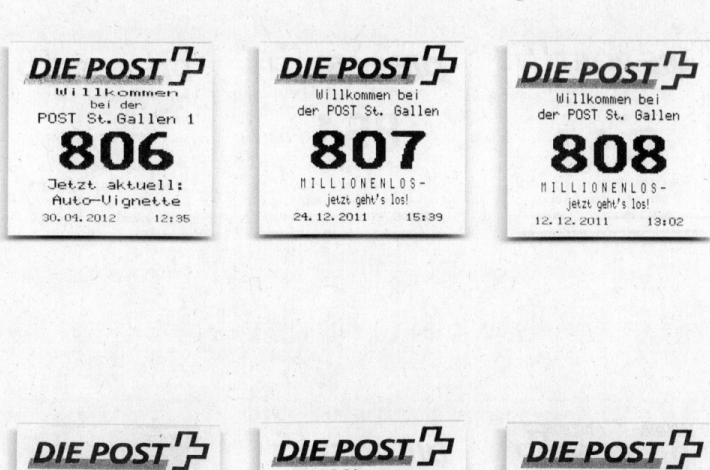

Neil Armstrong

Er füeteret d Ente duss uf em Stäg
Und me gseht ihn no öppe am Hafe
Er grüesst d Passante am Uferwäg
Und frogt eim wie's gsi isch bim Schaffe
D Lüt vom Dorf säged ihm Neil
Di ganz Welt meint er sig tot
Aber de Neil Armstrong hät e Hüsli z Uttwil
Und am Undersee e chliis Underseeboot

Egal woner isch, er isch en Superstar
Au do am Bodesee isch er e Idol
Und jetz sitzt er do und ässt Rindstartar
Z Arbon im Metropol
Will d Thurgauer lönd ihn in Rueh
Sie sind diskret und hend Respekt
Sie lueged ihm nöd bim Ässe zue
Und er stört sich nöd ab ihrem Dialekt

Und wenn de Chällner frogt isch es rächt gsi
Macht er immer sin gliiche Spass
Denn seit er: Jo es isch nöd schlächт gsi
Uf all Fäll besser als denn dä Astronautefrass
Und denn müend immer ali lache
Und er nimmt s Taxi uf Alterii
Und döt flügt er no e paar Rundene
Und so gönd sini Täg verbii

Und im Estrich hät er e alti Vitrine
Mit sine Ehreabzeiche und sine Moonboots dine
Und i sim original Mond-Overall
Goht er z Romanshorn im Bodansaal no mengmol an Maskeball

Jesus

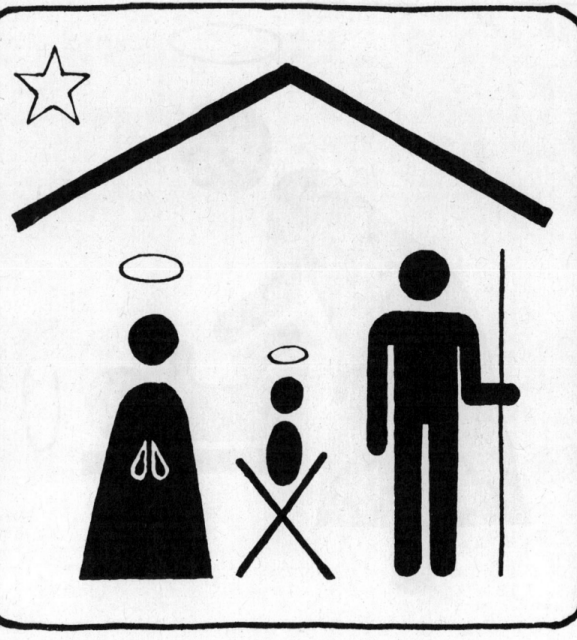

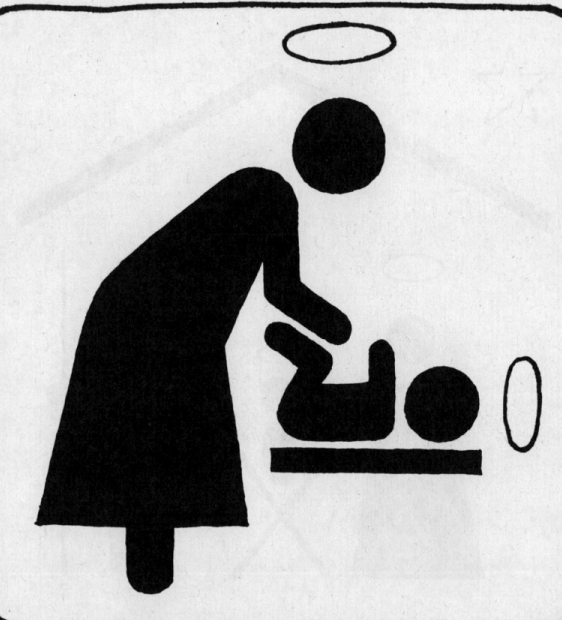

Geburtstag

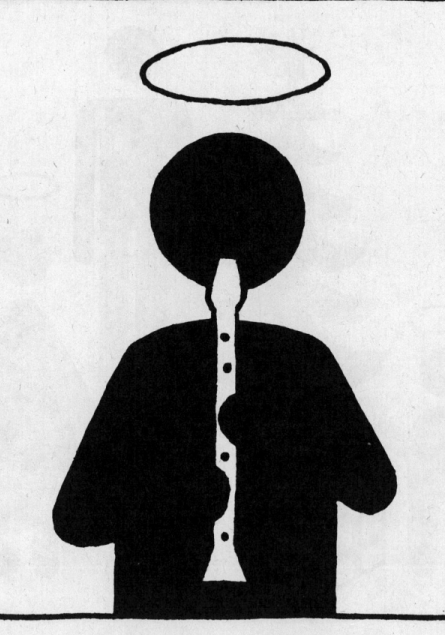

Zwischenjahr

zwölf

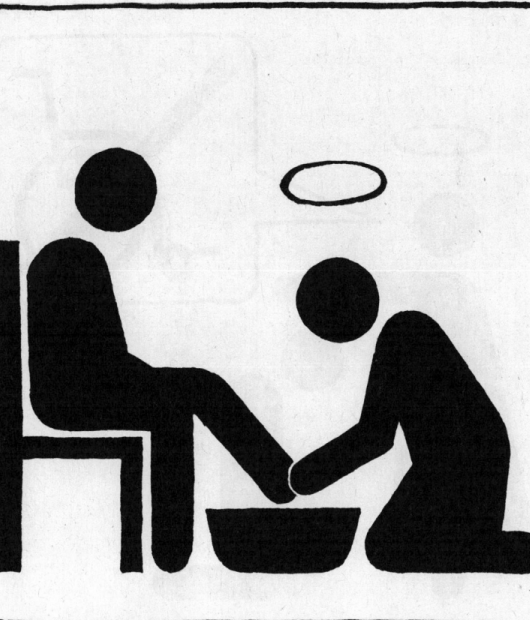

Endloses Zimmer

Vo de Tecki obenabe isch e liisligs Sirre z ghöre
Will d Tecki isch e riesigs Spinenetz us Neonröhre
Du stohsch imene endlose Zimmer i de Mitti
Oder am Rand – kei Ahnig – und denn gsehsch i de Wiiti
Öppis flackere, du laufsch druf zue und merksch mit de Ziit
Es isch e Neonröhre wo langsam ihren Geischt ufgit
Sie hät d Form vomene Pfiil, du laufsch i d Richtig woner zeigt
Und denn chunnsch anen Schalter noch ere Ewigkeit
I dem endlose Zimmer

Es hät e Schlange Lüt vor eme Drehchrüz dur en Hag
Du reihsch di ii und eine frogt: Häsch Schuel am Nomitag?
Es isch din Grossvater, vo hine häsch ihn zersch gar nöd erkannt
Und jetz gsehsch, ali andere sind au mit dir verwandt
Und eine um de ander goht durs Drehchrüz und verschwindt
Bis am Schluss nume no du und din Grossvater übrig sind
Du gohsch als letschte und en Wärter seit: Hend Sie no en Wunsch?
Dir chunnt nüt in Sinn und dur e Art e Garagetor chunnsch
Ine endloses Zimmer

Vo de Tecki obenabe isch e liisligs Sirre z ghöre
Will d Tecki isch e riesigs Spinenetz us Neonröhre
Und s Garagetor, wot grad no ine cho bisch vorhär
Isch verschwunde, nur no du bisch do, rundum isch ales läär
I dem endlose Zimmer

Pläne

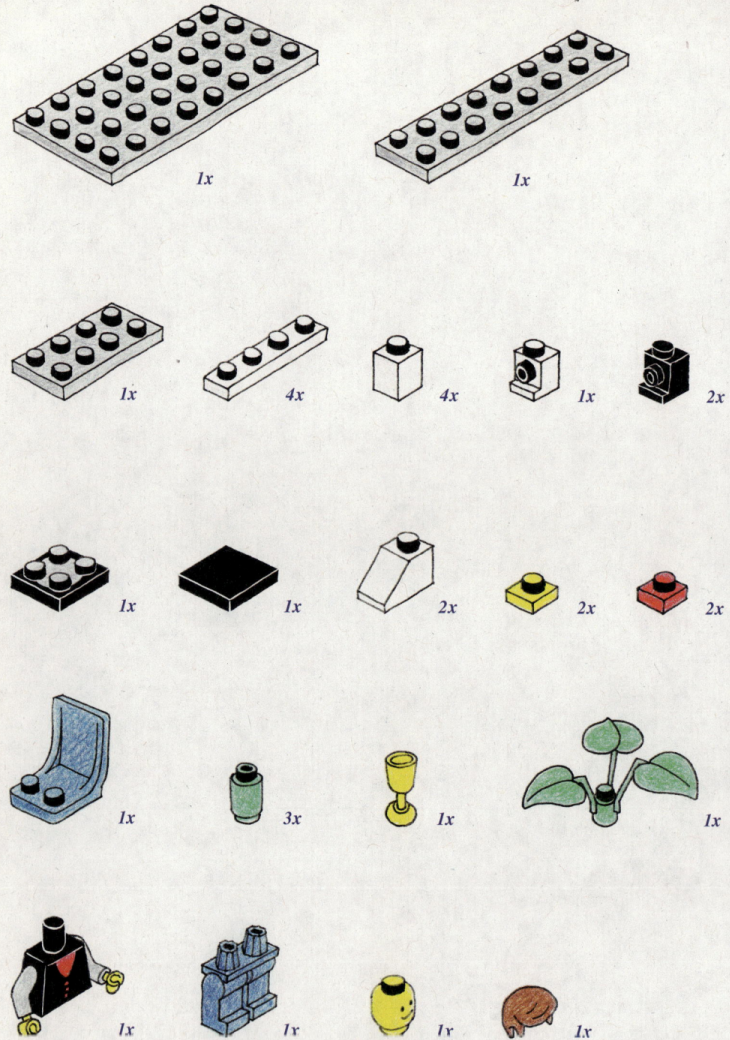

1

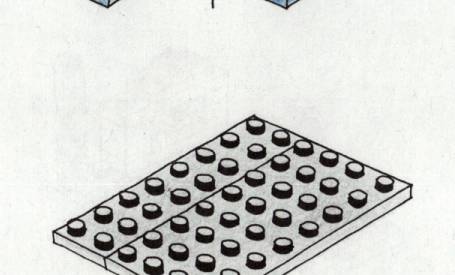

2

1

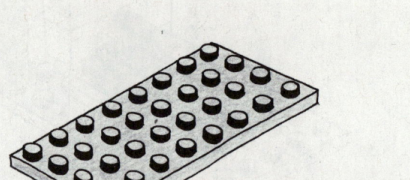

2

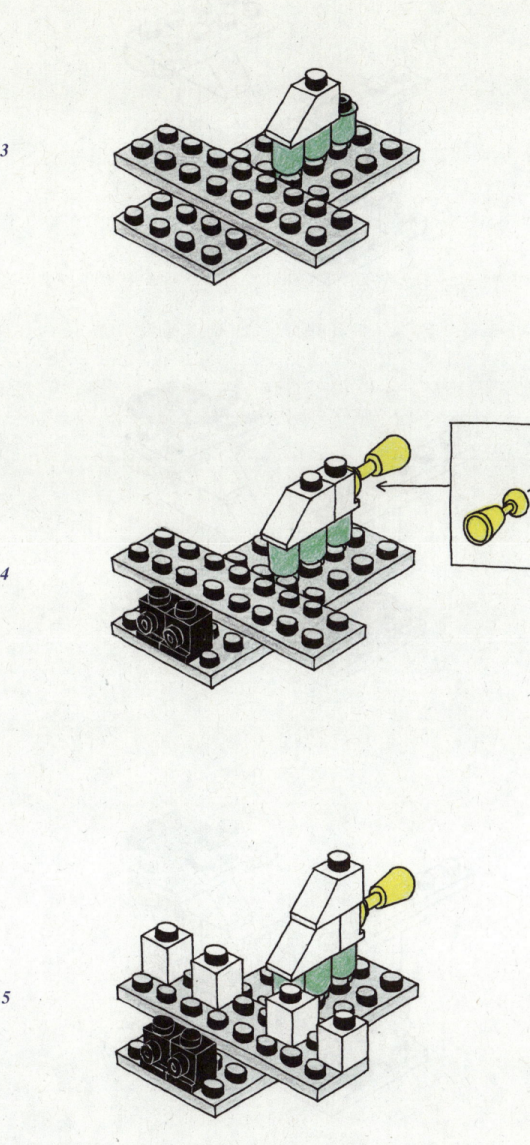

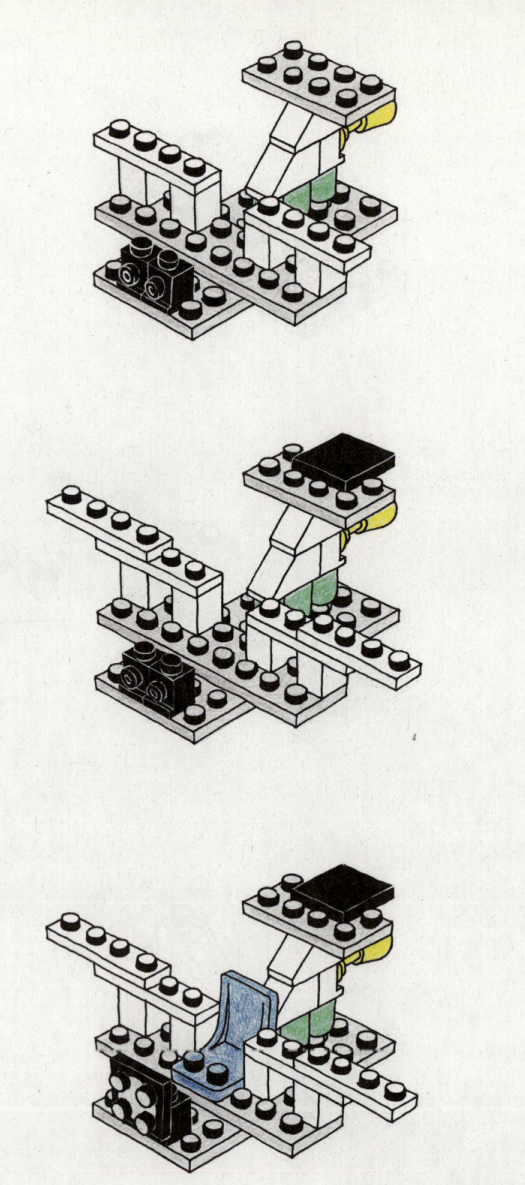

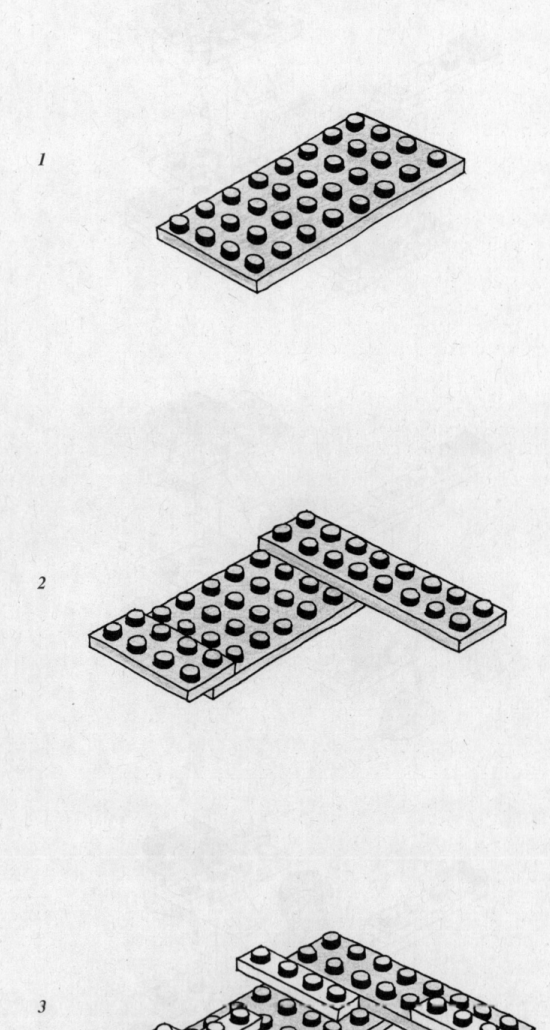

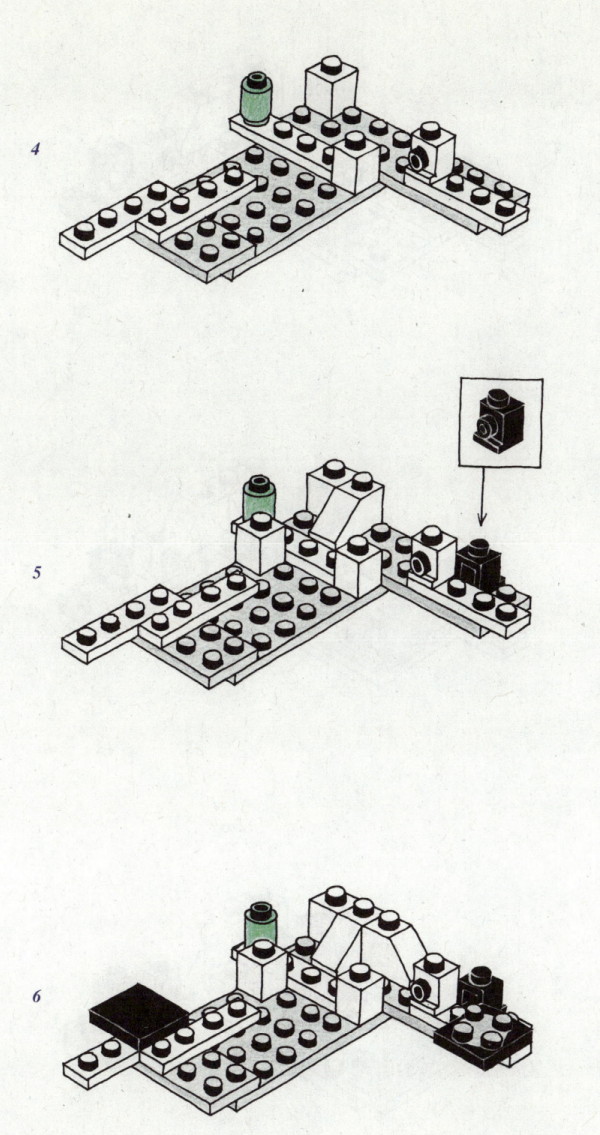

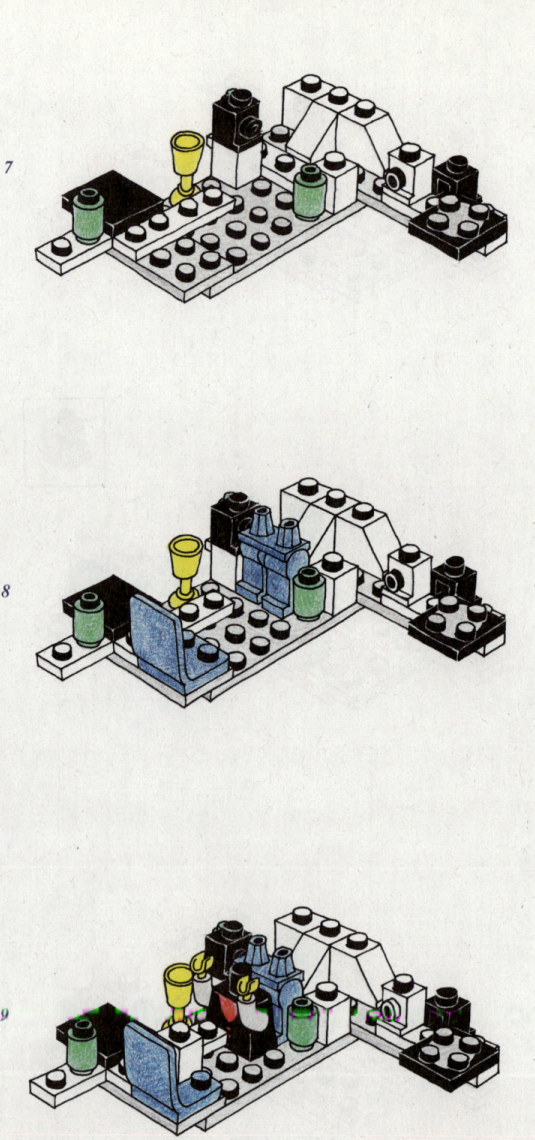

Herr Anderegg

De Herr Anderegg hät sich gsprengt
Wär hett da tenkt
Dass so öppis passiert
Bi üs im Quartier
De Herr Anderegg hät sich gsprengt

Jo, de Herr Anderegg hät sich gsprengt
Und de Spielplatz isch jetz en Krater
Und de Rase isch versengt
Will de Herr Anderegg hät sich gsprengt

Er isch doch eine vo üs gsi, er hät under üs gwohnt
Er isch immer debii gsi a vorderster Front
Bi de Quartierfasnacht
Bi de Quartierwiehnacht
Bim Quartierlotto
Bim Quartierrisotto
Bim Quartierschlittle
Bim Quartierbireschüttle
Bim Quartierfätzle
Bim Quartierchriizworträtsle
Quartiersunefinsternis
Quartierwamemachtbizäckebiss
Quartierchatzufembaumwastun
Quartierwastunbimenetaifun
Quartierwaischdeunderschiedzwüschetspiezbrienzundthun
Quartiersichzuelose
Quartiersichidschueblose
Quartierpingpongimluftschutzchäller
QuartierzmörgelemitFDPler
Quartierseifechischterene
Quartiermirlärnedauemolenandersquartierkene

Und de Abwart hät gescht
De Sandchaschteräscht
Und s Chlättergrüscht
Zäme gwüscht
Und jetz isch es wäg
Und au de Herr Anderegg

Ameise Paul

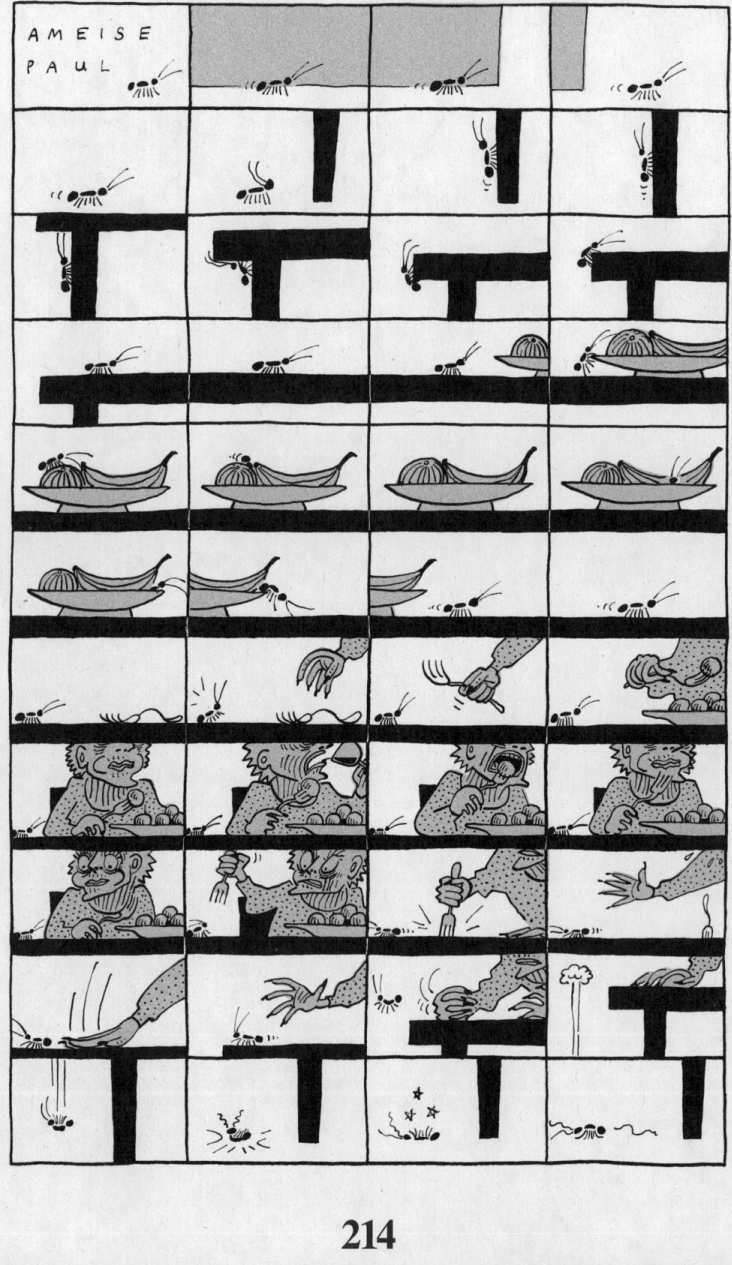

Copyright 2013
Manuel Stahlberger, St.Gallen

31. Publikation der Typotron-Schriftenreihe

Herausgeber: Rolf Stehle, St.Gallen

Vertrieb: Der gesunde Menschenversand GmbH, Luzern
www.menschenversand.ch

Pantomime-Fotos: Daniela Baeriswyl

Gestaltung und Druckvorstufe:
TGG Hafen Senn Stieger
Visuelle Kommunikation, St.Gallen

Schriften: Times Bold und Times Bold kursiv

Papier von Fischer Papier AG, St.Gallen
Umschlag: Materica Acqua, 180 g/m^2
Vorsatz: Pro Futura, 170 g/m^2
Inhalt: Estrella matt, pigmentiert, 100% Altpapier, 57g/m^2

Druck: Typotron AG, St.Gallen

Ausrüstung: Buchbinderei Burkhardt AG, Mönchaltorf

ISBN: 978-3-905825-59-6